erstes Buch

alpha-texte

Über die Autoren

Die Wiener Pädagogin und Andragogin beschäftigt sich mit Umsetzungsmöglichkeiten des Selbstgesteuerten Lernens u. a. im DAF-Unterricht sowie in Alphabetisierungskursen für Erwachsene.

Der Vorarlberger Pädagoge, Autor, Litograph und Fotograf erforscht das Thema der lesefreundlichen Gestaltung und deren Einsatzmöglichkeiten in unterschiedlichen Lernumgebungen.

Birgit Lackner
Herbert Schmidt

erstes
BUCH

alpha-texte

Impressum

alpha-texte, erste Auflage, 2018
Bregenz, Österreich
Alle Rechte vorbehalten
ISBN: 978-3-7482-0645-3
Entwurf und Gestaltung: Herbert Schmidt
Druck Tredition

alpha-texte.com

Inhaltsverzeichnis

erster Teil

Folgende Buchstaben und
Kombinationen kommen
in den Texten vor:

A, B, D, E, F, G, H, I, K, L, M,
N, O, P, Q, R, S, T, U, W, X
ch, ei, ie

Satzzeichen werden zugunsten
der einfachen Lesbarkeit
reduziert eingesetzt.

Liebe

Mona liebt Tom.
Tom liebt Emma.
Emma hasst Tom aber liebt Otto.
Otto liebt Mona.
Wer liebt wen?

Bei mir

Wo ich wohne? Bei mir.
Wo ich esse? Bei mir.
Wo ich lebe? Bei mir.
Woran ich denke? An dich!

Anna hat Angst

Er ist klein. Klein und böse.
Anna hat Angst wenn sie ihn sieht.
Er steht nun hier. Sie bleibt stehen
und wartet. Wartet, was er tut.
Er ist noch immer klein.
Aber er ist nicht böse.
Er ist wirklich nicht böse.
Er ist leise und sieht Anna an.
Dann geht er langsam zu Anna.

Anna hat Angst. Aber nur ein wenig.
Sie wartet. Er kommt näher.
Immer näher. Nun ist er neben ihr.
Langsam gibt ihm Anna ihre Hand.
Er nimmt sie nicht. Er riecht an der
Hand. Dann berührt er Anna mit
seiner Nase.

Anna hat nun keine Angst mehr.
Eigentlich ist Bello ein lieber Hund.

Egon und Maria

Egon ist ein alter Mann. Er wohnt in Wien. Zusammen mit seiner Tochter. Der Name der Tochter ist Maria.
Sie ist klein und hat langes Haar.
Maria arbeitet als Köchin. Egon isst gerne, wenn Maria kocht. Sie kocht immer. Egon kocht nie.

Am Samstag hat Maria einen Unfall. Nun kocht Egon. Er kocht nicht gut. Aber er lernt es.
Er kann Salat zubereiten. Bald kann er Suppe und Nudeln kochen.
Egon möchte Maria besuchen. Er bringt einen Kuchen mit. Maria ist froh, dass Egon nun kochen kann.

Wenn Maria wieder gesund ist, wird Egon öfters kochen. Egon ist froh, dass er nun für Maria kochen kann.

Die Zeitung

Es ist sonnig und warm.
Mona ist im Garten. Sie hat eine
Zeitung. Aber sie liest nicht.
Mona kann nicht lesen.
Sie würde gerne lesen.
Sie möchte wissen, was in der Welt
passiert.

Monas Sohn Daniel kommt in den
Garten. Er nimmt die Zeitung und
liest für Mona.
Es ist gut, wenn Daniel liest.
Aber Daniel hat nicht oft Zeit für
Mona zu lesen.

Also beginnt Mona zu lernen.
A und B, C und D und so weiter.
Mona beginnt zu lesen.
Wort für Wort. Satz für Satz.

Es ist nicht leicht.
Aber Mona will lesen können.

Es ist sonnig und warm. Mona ist im Garten. Sie hat eine Zeitung und sie liest. Daniel kommt in den Garten. Er setzt sich neben Mona und hört zu.
Er hat eine tolle Mama!
Eine Mama, die nun lesen kann.

Die nasse Ratte

Es regnet.
Wenn es regnet, wird die Ratte nass.
Die Ratte möchte nicht nass werden.
Im Garten gibt es einen Tisch.
Unter dem Tisch ist es nicht nass.
Dort sitzt die Ratte. Sie wartet.
Sie wartet, bis der Regen endet.

Der Rabe sitzt am Rasen. Er ist nass.
Der Rabe beobachtet die Ratte.
Die Ratte sieht den Raben nicht.
Der Rabe geht langsam zum Tisch.
Die Ratte bemerkt den Raben nicht.
Der Rabe öffnet seine Flügel wie ein
Dach.

Der Rasen wird nun nicht mehr nass.
Die Ratte denkt, dass es nicht mehr
regnet. Sie geht in den Garten.
Dort ist es nass.

Nun wird die Ratte nass.
Sie ärgert sich. Der Rabe lacht!
Nun sind der Rabe und die Ratte
nass.

Lesen

Anna und Nena. Die Lampe.
Das Sofa. Die Oma und die Mama.

Das sind die ersten Worte
die Hadikar lesen kann.
Der Anfang ist nicht leicht.
Die Lampe, der Papa, das Foto.
Sie lernt mehr Worte.
Immer mehr Worte. Noch ergeben
diese Worte keinen Sinn. Sie sind
nur Zeichen in einem Buch. Aber
Wort für Wort wird es für Hadikar
klarer.

Sie erkennt immer mehr Worte.
Kann immer besser lesen.
Zehn Wochen muss sie üben, üben,
üben. Und lernen, lernen, lernen.

Dann liest sie den ersten Satz.
Und noch einen. Immer mehr Sätze.
Die Worte kennt Hadikar nun.
Die Sätze ergeben Sinn.
Sie kann lesen.
Der Anfang ist nicht leicht.
Aber das Ende ist gut. Sehr gut.

Hadikar kann nun lesen!
Morgen beginnt sie mit dem A1
Kurs. Und danach?
A2, B1, ein Fahrkurs, ein Beruf?

Alles ist nun möglich.
Denn Hadikar kann lesen.

Der Dieb

Beate liebt ihre Blumen.
Besonders mag sie ihre Rosen.
In der Früh geht sie in den Garten
und pflegt die Rosen.
Sie gibt sich Mühe mit den Blumen.
Dafür blühen sie besonders gut.
Ihre Rosen haben immer tolle Blüten.
Die Nachbarn beneiden sie um ihre
Rosen.
Beate lächelt dann und ist froh.

Beate geht wieder in den Garten.
Doch nun sind alle Rosen weg!
Beate ist wütend. Wer nimmt denn
einfach ihre Blumen?
Sie will die Polizei rufen. Ein Dieb!
Ein Rosendieb hat alles gestohlen!

Als sie ins Wohnzimmer kommt sieht sie ihren Mann – mit Rosen in der Hand.
Die sind für dich! sagt er und lächelt sie an. Sie hat den Dieb gefunden.

Der Bahnhof

Wo ist der Bahnhof?
Gestern war er noch hier.
Oder dort?
Sie kann sich nicht erinnern.
Wo ist nun der Bahnhof?

Sie ist alt, sehr alt.
Manchmal kann sie sich nicht mehr
an alles erinnern.

Aber der Bahnhof? Der muss doch
hier sein! Wo ist der Bahnhof?

Ein Mann fragt: Was suchen Sie?
Den Bahnhof, sagt sie. Wo ist er?
Der Mann nimmt sie am Arm.
Er begleitet sie in ihr Zimmer.
Er hilft ihr sich zu setzen.
Er bringt ihr Kaffee, redet über das
Wetter.

Er fragt nach ihren Kindern.
Sie denkt nicht mehr an den
Bahnhof.

Morgen wird sie ihn wieder suchen.

Und morgen wird sie der Mann
wieder in ihr Zimmer bringen.

zweiter Teil

Alle Buchstaben und Kombinationen
kommen in den Texten vor.

Sprechen lernen

Marah versucht Toni Deutsch zu lehren.
Sie spricht jede Silbe deutlich aus.
Immer wieder und wieder.
Wort für Wort. Toni lernt es nicht.

Marah wird langsam wütend.
Sogar einfache Wörter kann Toni nicht nachsprechen. Marah möchte aber, dass Toni Deutsch kann.

Sie versucht es noch einmal.
Es geht wieder nicht.

Sie üben jetzt schon seit Wochen.
Marah hat keine Geduld mehr.
Toni lernt es nicht.
Toni ist ein dummer Papagei.

Verliebt

Er ist verliebt. Sehr verliebt.
Er denkt immer an sie.
Er träumt von ihr.
Und sie? Er weiß es nicht.

Seine Familie ist weit weg.
In einem anderen Land.
Seine Familie kann ihm nicht helfen.
Seine Freunde sind weit weg.
Sie können ihm nicht helfen.

Er ist verliebt!
Kann er sie einfach ansprechen?
Wie?
Kann er einfach auf sie zugehen?
Wo?

Welche Sprache spricht sie?
Wer ist ihre Familie?
Aus welchem Land kommt sie?

Er ist verliebt. Richtig verliebt.
Noch weiß er nicht, wie er sie
kennen lernen kann.

Aber er wird es lernen.
Er wird einen Weg finden,
sie kennen zu lernen.

Denn er ist verliebt.

Winter am See

Susi hat einen Hund.
Mit ihrem Hund geht sie immer zum
See. Der Hund liebt das Wasser.

Immer, wenn sie zum See kommen,
läuft der Hund ins Wasser.
Er läuft hinein und trinkt.

Heute ist es sehr kalt.
So kalt, dass das Ufer gefroren ist.
Auf dem See ist Eis.
Der Hund läuft wieder zum Wasser.
Er will ins Wasser, aber da ist Eis.

Der Hund fällt hin.
Er rutscht auf seinem Popo auf dem
Eis. Susi muss laut lachen. Der Hund
sitzt auf dem Eis und sieht Susi an.
Susi sieht ihren Hund an und muss
wieder lachen.

Auf dem Amt

Mustafa muss auf das Amt.
Er muss viele Formulare ausfüllen.
Doch auf dem Amt ist alles sehr
schwierig. Er geht von Büro zu Büro.
Überall muss er Fragen beantworten.
Er versteht die Fragen oft nicht.
Doch Mustafa gibt sich Mühe.
Er will die Fragen beantworten.
Nach jeder Frage kommt eine
weitere Frage.
Mustafa braucht viel Geduld.

Mustafa ist sehr müde. Er wartet
noch auf ein Formular.
Doch er bekommt es nicht.
Man sagt ihm, er muss noch mehr
Fragen beantworten.

Er muss in ein anderes Büro. Er geht
viele Treppen hoch und durch lange

Gänge. Dort muss er wieder warten.
Danach wieder zurück und wieder
warten.

Mustafa hat keine Geduld mehr.
Dann sagt man ihm, seine Antworten
waren falsch.
Er muss alles noch einmal machen.
Mustafa schreit und wacht auf.
Er hat geträumt!

Der Wecker läutet.
Mustafa steht auf, denn heute muss
er auf das Amt.

Im Bus

Daniel fährt jeden Tag mit dem Bus zur Arbeit. Im Bus sieht er eine junge Frau, die ihm gut gefällt.
Er lächelt sie an.
Jeden Tag lächelt er sie an.
Nach einer Woche lächelt sie zurück.
Nach einem Monat sprechen sie miteinander.
Daniel kennt nun ihren Namen.
Ihr Name ist Radwa.

Daniel verliebt sich in Radwa.
Er hat Angst, das Radwa zu sagen.
Radwa ist mutiger als Daniel.
Sie fragt ihn, ob er mit ihr einen Kaffee trinken geht. Daniel lacht.
Er hätte nicht den Mut gehabt, zu fragen.

Beim Kaffee erzählen sie sich ihre
Geschichten.
Daniel ist aus Salzburg.
Radwa kommt aus Syrien.

Gemeinsam reden sie den ganzen
Nachmittag. Als sie nach Hause
gehen, gibt Radwa Daniel ihre
Telefonnummer.

Daniel lächelt, Radwa auch.
Sie werden sich wieder sehen.
Noch ganz oft!

Das Bein tut weh

Emma besucht Jamila.
Jamila hat sich verletzt.
Ihr Bein tut sehr weh.
Jamila war beim Arzt.
Der Arzt hat etwas gesagt.
Jamila hat ihn nicht verstanden.

Aber heiß, heiß hat sie verstanden.
Zu Hause hat sie Wasser warm
gemacht. Sie hat ein Tuch in das
warme Wasser gegeben.
Dieses warme Tuch liegt nun auf
ihrem Bein. Das Bein tut sehr weh.
Es ist rot.
Jamila hat grosse Schmerzen.

Emma möchte ihr helfen.
Sie ruft den Arzt an.
Fragt, was Jamila gegen die
Schmerzen tun kann.

Emma hört dem Arzt zu.
Sie nickt mit dem Kopf, legt auf und
sagt zu Jamila:"Eis. Der Arzt hat Eis
gesagt, nicht heiß."

Der Käfer

Der Käfer krabbelt über das Gras.
Er sieht ein Stück Keks, das er haben
möchte. Kekse schmecken sehr gut.

Er will den Keks.
Doch von der anderen Seite sieht er
eine Ameise, die den Keks auch will.
Sie krabbeln um die Wette.
Der Käfer ist näher, aber die Ameise
ist schneller. Vielleicht klappt es ja,
denkt sich der Käfer.
Er strengt sich noch mehr an und
versucht schneller zu krabbeln.
Ein Gras ist im Weg, doch die
Ameise muss über einen Stein.
Sie sind beide fast beim Keks.

Der Käfer ist etwas schneller, etwas
näher beim Keks. Er streckt seine
Fühler aus und... weg ist der Keks.

Die Ameise sieht den Käfer an.
Der Käfer sieht die Ameise an.
Beide sehen nach oben.
Beide hassen Vögel.

In der Küche

Amir kocht heute. Seine Frau freut sich. Amir kocht selten.

Er steht schon seit mehr als einer Stunde in der Küche.
Seine Frau darf nicht in die Küche.
Amir sagt, sie stört ihn.
Sie wartet im Wohnzimmer und liest ein Buch. Sie hat Hunger.
Endlich kommt Amir und sagt:
„Essen ist fertig!"

Der Tisch ist schön gedeckt.
Amir hat Reis mit Huhn gekocht und Salat gemacht. Sie setzen sich und beginnen zu essen.

Der Reis ist versalzen.
Das Huhn ist zäh.
Der Salat ist alt.

Trotzdem essen sie. Nach dem Essen
bringt Amirs Frau das Geschirr in
die Küche.

Wie sieht die Küche aus!
Überall dreckige Pfannen und
Töpfe.
Der Reis klebt im Topf.
Schmutz auf dem Herd.
Schmutz im Ofen.
Alles ist schmutzig.

Amir muss nun putzen.
Seine Frau ist weg.
Sie kommt erst zurück, wenn alles
sauber ist.
Amir möchte, dass sie zurück
kommt.
Also putzt er.

Wo ist Tom?

Sandra ist mit ihrem Hund Tom spazieren. Sie geht mit ihm in den Wald. Plötzlich bellt Tom und läuft weg. Er kommt nicht zurück.

Sie beginnt ihn zu suchen.
Sie ruft ihn. Sie pfeift.
Doch Tom kommt nicht zurück.
Sie sieht ihn kurz. Er ist im Wald.

Sie sucht und sucht doch sie findet ihn nicht. Sandra bekommt Angst aber sie sucht weiter.
Tom ist nicht zu sehen.
Sandra beginnt zu weinen.
Sie muss die Polizei rufen.
Doch ihr Telefon ist im Auto.
Also geht Sandra zum Auto.

Dort sitzt Tom und wartet auf sie.
Er sitzt neben dem Auto.
Seine Zunge hängt heraus und
Sandra hat das Gefühl, dass er
lacht.

Am See

Tina und Patrik wollen an den See gehen und den Sonnenuntergang ansehen.

Sie suchen sich einen schönen Platz direkt am Wasser.

Sie legen eine Decke auf das Gras. Dann nehmen sie Essen und Trinken aus dem Korb.

Legen es auf die Decke.

Sie setzen sich hin und beginnen zu reden.

Dabei essen sie und trinken Wein.

Die Sonne beginnt unter zu gehen und der Himmel wird wunderschön rot. Es ist so schön.

Doch dann schlägt sich Tina auf den Arm. Patsch. Eine Mücke!

Dann schlägt Patrik auf seine Hose.

Noch eine Mücke.
Dann noch eine Mücke und bald
schwirrt es überall. Ein ganzer
Schwarm Mücken surrt um Tina und
Patrik.

Schnell packen sie alles ein und
gehen nach Hause.
Voller Mückenstiche sitzen sie vor
dem Fernseher und sehen sich einen
romantischen Film an.
Ohne Mücken!

Bus fahren

Jamal fährt mit dem Bus zu seinem Kurs. Dort lernt Jamal lesen.

Die Fahrt mit dem Bus ist immer sehr lang. Und dann der Kurs, der nicht leicht ist. Danach wieder mit dem Bus nach Hause. Jamal ist immer müde, wenn er zu Hause ankommt. Deshalb mag Jamal das Busfahren nicht.

Heute fährt Jamal wieder mit dem Bus zu seinem Kurs.
Er sieht aus dem Fenster und denkt nach. Da merkt er, dass er zu lange sitzen geblieben ist.
Er ist jetzt in einem Ort, den Jamal nicht kennt. Er geht herum und sucht jemandem, der ihm helfen kann.

Da sieht Jamal zwei Frauen, die sich
unterhalten. Er versteht sie! Er geht
zu ihnen und fragt, wie er zurück
zum Kurs kommt.

Sie lachen und eine davon bringt ihn
mit dem Auto hin.
Auf der Fahrt unterhalten sie sich.
Die Fahrt kommt Jamal sehr kurz vor.
Beim Kurs denkt er immer wieder an
die Frau.
Bus fahren kann doch gut sein!

Im Wald

Ezra geht im Wald spazieren.
Sie mag es, im Wald zu gehen.

Es ist Winter und kalt.
Ezra ist warm angezogen.
Mantel, Mütze, Handschuhe,
warme Schuhe.
Sie geht immer den gleichen Weg.
Sie kennt den Weg gut.
Sie kennt jeden Schritt.

Heute ist das Wasser gefroren.
Eis ist auf allen Bächen und auch auf
dem Weg.
Der Weg geht abwärts.
Ezra sieht eine alte Frau.
Sie steht da und sieht sich um.
Die Frau hat Angst. Sie traut sich
nicht, den eisigen Weg zu gehen.
Sie kann aber auch nicht zurück.

Hinter ihr ist auch Eis.
Die Frau kann nicht weiter.

Ezra sieht die Frau und geht zu ihr
hin. Sie nimmt die Frau am Arm.
Gemeinsam gehen sie am Rand des
Weges hinunter.
Ezra kennt den Weg und weiss,
wohin man treten kann.
Sie kommen sicher unten an.

Die Frau ist sehr froh und bedankt
sich immer wieder.
Ezra lächelt. Sie kann auch helfen,
ohne Deutsch sprechen zu können.

Die Einkäufe

Udo sitzt im Zug.
Bei der Haltestelle kommt eine junge
Frau und setzt sich hin. Sie hat sehr
viele Einkäufe dabei.
Vier große Taschen.
Udo sieht die Frau an.
Sie ist ungefähr so alt wie er.
Er lächelt, doch sie sieht weg und
lächelt nicht.
Udo dreht sich auch weg und sieht
aus dem Fenster.

Der Zug fährt weiter.
Zwei Stationen später steht die Frau
auf und verlässt den Zug.
Udo sieht ihr nach.
Sie hat eine Tasche vergessen.

Schnell steht er auf, nimmt die
Tasche und läuft der Frau nach.

Er hat sie schnell eingeholt.
„Sie haben das vergessen!", ruft
Udo. Die Frau dreht sich um und
sieht die Tasche in Udos Hand.
Sie macht einen Schritt auf ihn zu,
nimmt ihm die Tasche ab und
lächelt. Nun lächeln beide.

Udo ist egal, dass der Zug schon
wieder abgefahren ist. Er sieht nur
das schöne Lächeln der Frau.

Die kleine Katze

Mina ist eine kleine Katze.
Sie ist sehr klein und deshalb sehr
ängstlich.
Mina hat vor fast allem Angst.
Vor Laub, das der Wind durch die
Straße weht.
Vor lauten Autos.
Vor Wasser und Regen.
Am meisten hat sie jedoch vor dem
Hund des Nachbarn Angst.

Der Hund bellt und jagt sie immer.
Mina ist dann ganz aufgeregt und
ihr kleines Herz schlägt dann so
schnell, dass es fast weh tut.

Eines Tages geht Mina spazieren.
Sie kommt um die Ecke und da steht
der böse Hund des Nachbarn.
Der bellt laut und läuft auf Mina zu.

Sie läuft weg und versteckt sich
hinter einer Mülltonne.
Doch der Hund hat sie gesehen.
Er streckt seinen Kopf hinter die
Tonne. Mina stirbt fast vor Angst.

Ohne dass sie es will, schlägt sie
dem Hund auf die Nase.
Mit den Krallen.
Mina spürt, wie die Krallen in die
Nase des Hundes stechen.
Der Hund jault und läuft davon.
Mina hat den Hund verjagt!
Da fühlt sie sich sehr stark.

Mina ist eine kleine Katze.
Sie ist sehr klein aber sie hat keine
Angst mehr.
Nur noch ein bisschen vor
dem Wasser.

Rudi grillt

Rudi hat Nachbarn und Freunde
eingeladen.
Alle kommen und er grillt.
Sie wissen, wenn Rudi grillt, dann
gibt es immer gute Sachen zu essen.
Gutes Fleisch und tolle Salate.
Mais und Kartoffeln.
Frisches Brot und gute Tomaten.

Rudis Frau Sonja steht seit 8.00 Uhr
in der Küche.
Sie macht Brot und Salat.
Sie würzt das Fleisch und schneidet
das Gemüse.
Sie richtet die Teller und die Gläser.
Sie holt das Bier und den Saft.
Sie deckt den Tisch und stellt Blumen
in die Vase.
Sie putzt das Haus.
Dann macht sie noch einen Kuchen.

Die Gäste kommen und loben Rudi.
Rudi steht am Grill und wendet das
Fleisch und die Würstchen.
Dabei redet er mit den Freunden.
Sonja bringt neuen Salat und Brot,
räumt das schmutzige Geschirr weg.

Alle sagen, dass Rudi ausgezeichnet
grillt und das Essen wirklich gut ist.
Wenn Rudi grillt, gibt es immer gute
Sachen zu essen.

Am Abend sind alle gegangen.
Sonja und Rudi sitzen noch am Tisch
mit den Essensresten. Es ist schön,
wenn alle kommen, sagt Rudi, aber
auch etwas anstrengend.
Rudi jammert, dass er ganz müde ist
von der vielen Arbeit.

Da nimmt Sonja eine große
Schüssel, halbvoll mit Salat und setzt

sie Rudi auf den Kopf.
Der schaut ganz erschrocken
während ihm eine Tomate auf der
Nase liegt.

Die Nachbarn und Freunde wundern
sich.

Rudi hat sie schon sehr lange nicht
mehr zum Grillen eingeladen.

Bei der Polizei

Bruno geht wütend auf und ab.
Man hat ihm das Fahrrad gestohlen.
Jetzt ist er bei der Polizei und will
den Diebstahl melden.
Die Polizistin hat gesagt, er soll
warten. Er soll Platz nehmen, hat sie
gesagt. Er will aber nicht sitzen.

So geht er vor den Stühlen auf und
ab. Dabei redet er mit sich selbst.
„Die tun nichts hier." sagt er zu sich
selbst.
„Das dauert alles so lange."
schimpft er leise.
„So bekomme ich mein Fahrrad nie
zurück." sagt er.

Bruno geht auf und ab, schimpft und
sieht die Menschen nicht, die vor
ihm auf den Stühlen sitzen.

Eine Frau, die weint.
Daneben ein Mann, der immer
wieder auf die Uhr sieht.
Es sitzt auch ein älterer Mann auf
einem Stuhl und scheint zu schlafen.

Immer wieder kommen Polizisten
herein und gehen hinaus.
Die Polizistin am Empfang ist immer
am telefonieren.
Immer wieder läutet das Telefon.
Bruno wird immer wütender.
Sein Fahrrad ist doch wichtig!
Er braucht es, um in die Arbeit zu
fahren.
Jetzt haben sie es gestohlen und die
Polizei tut nichts!

Jetzt ruft die Polizistin jemanden.
Die weinende Frau und der Mann
stehen auf. Bruno versteht es nicht.
Er war doch zuerst hier.

Er wartet schon so lange!
Warum hat keiner Zeit für ihn!
Er braucht sein Fahrrad, möglichst
schnell. Er geht zur Polizistin und will
sich beschweren.
Warum nimmt sie jemand anderen
vor ihm dran?

„Sie suchen ihr Fahrrad?", fragt die
Polizistin.
Bruno nickt.
„Diese Eltern suchen ihr Kind!", sagt
die Polizistin.

Ihr Kind? Bruno erschrickt.
„Sie wissen nicht, wo ihr Kind ist?"
fragt Bruno.
Die Polizistin nickt.

Bruno setzt sich hin und denkt, mein
Fahrrad kann warten.
Es gibt Wichtigeres.

Anmerkungen

Dieses Buch soll vor allem Freude am Lesen bereiten.

Das Erlernen des Lesens und Schreibens erfordert viel
Übung und den laufenden Einsatz des Erlernten.
Literatur für erwachsene Erstleser bietet die Möglichkeit,
die Freude am Lesen in der Deutschen Sprache zu
entwickeln.

Dieses Buch wurde unter dem Aspekt der einfachen
Lesbarkeit gestaltet. Bei der Schriftwahl wurde auf eine
offene und klare Schrift geachtet, die deutliche Ober- und
Unterlängen aufweist. Die Form der Buchstaben a und g
entspricht der mehrheitlichen Darstellung in den
Lehrbüchern zur Alphabetisierung.

Der erste Teil enthält eine eingeschränkte Auswahl an
Buchstaben.
Enthalten sind die Buchstaben
A, B, D, E, F, G, H, I , K, L, M,
N, O, P, Q, R, S, T, U, W, X
sowie die Buchstabenkombinationen
ch, ei, ie.

Nicht enthalten sind
C, J, V, Y, Z, ß
sowie die Buchstabenkombinationen
sch, eu, au, ck, st [scht], sp [schp].

Im zweiten Teil werden alle Buchstaben und deren Kombinationsmöglichkeiten verwendet.

Lesen und Schreiben ist die Basis zur Nutzung der kulturellen und zwischenmenschlichen Möglichkeiten. Vor allem aber befähigt es zur aktiven Gestaltung der Ausbildung und Bildung.

Um eine Sprache und deren Kultur umfangreicher verstehen zu können, benötigt es mehr als die reinen Kulturtechniken Lesen und Schreiben.
Literatur bietet einen Zugang zu einem tieferen Verständnis und stellt eine Auseinandersetzungsform mit der Sprache dar.
Die Kultur der deutschen Sprache wird dadurch erlebbar.
Die Texte dieses Buches sind ein Beitrag dazu.

Für Fragen oder weitere Informationen wenden Sie sich bitte an office@alpha-texte.com.

alpha-texte.com

Danksagung

Vielen Dank an unsere Kursteilnehmer, die wir auf dem
Weg Ihrer Alphabetisierung begleiten dürfen.
Sie sind die Inspiration für dieses Buch.

Ein herzliches Dankeschön an die
Volkshochschule Bregenz (vhs-bregenz.at),
besonders an
Mag. Ruth Schmiedberger
(Integrations-Koordinatorin) und
Petra Felder BA (Deutsch-Integration).

Wir möchten uns herzlich bei
Waltraud und Gregor Hoch vom Hotel Sonnenburg
(www.sonnenburg.at) in Oberlech für ihre Unterstützung
bedanken.

α

alpha-texte.com

Zeitfracht Medien GmbH
Ferdinand-Jühlke-Straße 7
99095 Erfurt, Deutschland
produktsicherheit@kolibri360.de